AF310609

ÉPÎTRE

A L'OMBRE

D'UN AMI,

A PARIS,

Chez DELALAIN, Libraire, rue & à côté de
l'ancienne Comédie Françoise.

M. DCC. LXXVII,

LETTRE

A Monsieur de P✳✳✳

JE vous envoie l'Epître à l'ombre d'un Ami. Pour la juger avec indulgence, pénétrez-vous de la douleur qui l'a infpirée. C'eft un foible monument que l'amitié inconfolable éleve à l'Homme de lettres que nous admirions, & à l'Homme aimable que nous avons chéri tous deux. Ces deux vers

> Et cet ennui profond, vautour du genre humain,
> Plaintif, & lentement defféché fous fa main.

ne manqueront pas de vous arrêter, car ils ne valent rien; mais je l'avois fenti, & les avois corrigés fur une des dernieres épreuves; ils ont été oubliés : voici comme je les ai changés.

> Et l'égoïfme froid qui, la balance en mains,
> Ofe être folitaire au milieu des humains.

A ces autres vers,

> La raifon étonnée y reçoit notre hommage,
> Et la froide penfée y fait pâlir l'image.

voudrez vous bien fubftituer ceux-ci ?

> Une raifon timide y reçoit notre hommage
> Et la froide penfée y fait languir l'image.

Adieu. La fatyre peut fe déchaîner contre cet Ouvrage; je la défie d'aigrir jamais le fentiment que me l'a fait écrire. J'y pleure un Ami, & les regrets de l'ame ne laiffent point de place pour l'amour-propre.

AVANT-PROPOS.

Je n'ai pas cru pouvoir mieux commencer ces Mélanges, que par un Ouvrage qui les dédiât, en quelque forte, aux Mânes d'un Ami.

Depuis plus de dix-huit ans, le rapport des goûts, des fentimens, & des deftinées peut-être, m'uniffoit à M. Colardeau. C'eft à l'époque même de notre liaifon naiffante, que nous avons fait les premiers pas dans cette carriere épineufe, où les rivalités dégénerent en fureurs, & d'où l'intrigue & l'audace ont banni l'émulation.

Ses premiers fuccès furent brillans, & les inimitiés qu'il s'attira, furent en proportion de fes fuccès.

Cette ame paifible & douce, empreinte dans chacun des vers qui couloient avec tant d'abandon de fa plume éloquente;

cette ame qui ne foupçonnoit point la haine, & qui répugnoit à la vengeance, fut déchirée de tous les traits de la fatyre.

LA feule qualité qui lui manquât, étoit cette fermeté, ce fentiment de fes forces, qui s'accroît par la perfécution, réfifte à l'orgueil, & fatigue jufqu'à l'envie.

NATURELLEMENT mélancolique & foible, il étoit porté au découragement. Il fembloit qu'il aimât mieux faire le facrifice de fa gloire, que celui de fon repos.

QUE de fois n'ai-je pas eu befoin de toute la chaleur de mon amitié, pour ranimer en lui cette flamme du talent qui s'éteignoit, par intervalle, dans une efpèce d'indifférence!

OUBLIANT mes propres bleffures, j'allois guérir, ou du moins adoucir les fiennes.

EN butte à tous les Partis, par la feule raifon que j'ai obéi à l'impulfion d'une ame franche & libre; c'eft au milieu de ces cabales, de ces guerres, de ces foulevemens de la fottife protégée, & fi bien faite pour l'être, que j'allois affermir & confoler le Peintre chéri de l'intéreffante Héloïfe.

IL méprifoit, comme moi, ces confédérations littéraires, ces petits Sénats incompétens, ces repaires d'amour-propres, d'où partent les préventions aveugles, l'enthoufiafme exclufif, les éloges paffionnés, tous ces Arrêts de profcription, dont heureufement perfonne n'eft plus la dupe.

ON voit percer ce mépris dans une certaine Epître à Minette, Ouvrage précieux, où il s'étoit impofé la tâche d'être un peu méchant, & qui ne fervira qu'à prouver davantage combien il étoit bon & fenfible. Jamais Poëte irrité ne s'eft permis de plus innocentes malices. Cette Minette eft douce, careffante & défarmée, comme l'homme aimable qui lui a prêté les graces de fon langage.

A la fin de la belle Epître à M. Duhamel, il a cependant hazardé quelques traits contre les injuſtices dont il étoit toujours le témoin, ce dont il avoit long-temps été la victime.

>> O Cabane du pauvre ! ô demeure champêtre !
>> Malheureux qui te fuit & n'oſe te connoître !
>> Ah ! puiſſaï-je bientôt, libre & débarraſſé,
>> Rejettant le fardeau dont je ſuis oppreſſé,
>> Habiter un aſyle où l'ame ſe conſulte !
>> Des Remparts de Paris fuyons le vain tumulte :
>> Quel beſoin m'y rappelle, & qu'y voir aujourd'hui?
>> Le mérite oublié, le talent ſans appui,
>> L'aimable Poëſie à jamais exilée . . . .
>> . . . .
>> Une froide Analyſe à la place du goût,
>> La raiſon qui deſſeche & décompoſe tout.
>> La gloire des beaux Arts, ou ſouillée, ou perdue,
>> Et leur palme flétrie, à l'intrigue vendue.

CES citations ſont plus que ſuffiſantes, pour conſigner aux yeux des Littérateurs honnêtes, qui n'ont point plié ſous le joug de la Secte en crédit & des reſſentimens de convention, quelle étoit la façon de penſer de M. COLARDEAU, & de quel œil il voyoit la plaie actuelle de notre Littérature.

MAIS, avec cet esprit sage qui observe, apprécie & se décide, il n'avoit point cette ame ardente qui se révolte, cette sensibilité prompte que les abus importunent, qu'irritent les injustices, & qui aime mieux se produire au dehors, que de s'aigrir en silence dans les horreurs de la contrainte, la foiblesse des ménagemens, & le supplice de la dissimulation.

QUOI qu'il en soit, les dégoûts qu'il éprouva, l'accueil froid que l'on fit à quelques-unes de ses productions, les venins que quelques méchans, trop connus pour être dangereux, & trop méprisables pour être cités, soufflerent à différentes reprises sur ses premiers lauriers; toutes ces causes réunies, si elles ne contribuerent pas à altérer en lui une santé déjà languissante, détruisirent, au moins, tout le charme du peu de jours qui lui étoient comptés.

J'AI suivi, avec le regard inquiet & douloureux de la plus tendre amitié, les gradations d'un mal qui menaçoit chaque jour de me priver d'un Guide & de m'enlever un Ami.

LORSQUE l'efpérance fembloit prefque éteinte dans l'ame de tous ceux qui l'environnoient, elle brilloit encore dans fes yeux pleins de calme & de férénité.

IL s'avançoit vers la tombe, avec la réfignation d'un Sage qui rend à la Nature ce qu'ilen a reçu, & avec la fécurité d'une ame pure qui va fe repofer dans le fein de fon Auteur.

LE moment fatal approchoit. Des accidens multipliés l'avertiffoient de fa deftruction prochaine; elle alloit élever une barriere éternelle entre lui & fes prétendus Rivaux... il étoit mourant; le Sanctuaire des Mufes s'ouvrit..... & il expira.

C. p. Marillier inv.
De Ghendt sculp.

[illegible]

[illegible] & voila ton auté
[illegible]

A L'OMBRE
D'UN AMI.

L'ASTRE du jour pâlit : l'ouragan défaſtreux
Roule, en noirs tourbillons, fous un Ciel ténébreux ;
Les finiſtres oifeaux, par leur chant funéraire,
En lamentables fons, font gémir l'atmofphere.
L'Amphion des forêts interrompt fes accens . . . .
Les regrets dans mon ame entrent par tous mes fens.
Ce font eux dont la voix fous ces tombeaux m'entraîne ;
Mes foupirs ont percé leur voûte fouteraine :
La mort regne en ces lieux, & voilà fon autel.
Une profonde nuit, un filence éternel,
Tous les rangs confondus dans ce dernier afyle,
Sur un triple cercueil, la douleur immobile,
Tels font donc les objets & les affreux deſtins
Que chaque inſtant retrace à l'orgueil des humains !

O toi, qui vis périr dans ta lugubre enceinte,
Tous les vœux des Mortels, leur espoir & leur crainte,
Tombe avide & jalouse, hélas! combien de fois
Notre bonheur fragile expira sous tes loix!
Que de fois tu rompis ces chaînes invisibles,
Ce nœud mystérieux, connu des cœurs sensibles!
Ton gouffre avare & sombre engloutit sans pitié,
Et le fidele amour, & la tendre amitié.

Ou suis-je ? Au long reflet d'une lueur qui tombe,
J'apperçois un laurier qui couronne une Tombe !
Un trouble involontaire, un secret sentiment
Semble emporter mon cœur vers ce cher monument.
Muette désormais, une Lyre y repose.
Une Muse plaintive, en pleurant, l'y dépose. . . .
Cieux! à cette clarté qui ne luit qu'à demi,
Je vois . . . je reconnois les restes d'un Ami !
C'est donc toi que je presse, Urne simple & chérie,
Où la feuille du Myrthe au Cyprès se marie !
C'en est fait, il n'est plus ce Chantre harmonieux,
Qui parloit aux Mortels le langage des Dieux !
Astre brillant & pur, dans sa courte carriere,
Il versa doucement sa tranquille lumiere.

L'amitié jufqu'à lui vint m'ouvrir un accès ;
J'enviai fes talens & non pas fes fuccès.

Rivaux toujours unis, enfemble nous franchîmes
Les rocs gliffans du Pinde & fes hauteurs fublimes.
A notre efpoir féduit, à notre œil enchanté,
La Palme étinceloit dans des flots de clarté.
Notre cœur palpitoit d'une joie inconnue,
Qui nous cachoit un monftre endormi dans la nue.
Nous refpirions tous deux un légitime orgueil.....
Dieu! fon char de triomphe enfermoit fon cercueil!

O cercueil d'un Ami, reçois, reçois mes larmes !
Ajoute à ma douleur, elle a pour moi des charmes.
C'eft ici qu'éclairé d'un utile flambeau,
On mefure la vie aux bornes du tombeau.
La gloire, quelquefois, la gloire, ce phofphore
Qui fe montre pour fuir, qui trompe & qu'on adore,
Vient effleurer ce globe, où regnent les malheurs,
De fon rapide éclat qui s'éteint dans les pleurs.
Ici tout vient finir : dans cet abîme immenfe,
Aux portes du trépas l'égalité commence.
Ici la gloire même a perdu fa fierté,
Et n'eft qu'un bruit ftérile au hafard répété.

QU'ENTENDS-JE? un Dieu me dit qu'elle survit à l'homme;
Tu charmas l'Univers, & l'Univers te nomme.
Le tems dévore en vain cent Peuples abattus :
Il consumera tout, excepté les vertus.
Une ame altiere & douce en ses écrits respire.
La Terre est sa prison, le Ciel est son Empire;
L'Eternité, son terme; &, reprenant ses dons,
L'Olympe s'enrichit des biens que nous perdons.

SOUS les Cieux épurés, où tu bois l'Ambroisie,
Oui, c'est toi qui nous plains, & qu'il faut qu'on envie.
Pourrois-tu regretter nos serviles grandeurs,
Nos triomphes si vains, nos plaisirs si trompeurs;
La médiocrité que sa bassesse irrite,
Usurpant les honneurs qu'on arrache au mérite,
Tous ces lâches Mortels que rend plus dédaigneux
L'invincible mépris qu'ils ont conçu pour eux;
Ces Zoïles amers, gonflés de jalousie,
Prônés par l'ignorance, ou par l'hypocrisie,
Et cet ennui profond, vautour du genre humain
Plaintif, & lentement desséché sous sa main ?

QUAND la mort vint sur toi déployer son empire,
Ton cœur saignoit encor des coups de la satyre.

Ce

Ce cœur sensible, ouvert & facile à blesser ,
Est le but où ses traits sembloient tous s'adresser.
Que dis-je ?... ô mon Ami, la rage envenimée,
Même par le trépas à peine est désarmée.
L'infortuné Talent, proscrit dès le berceau,
N'est point tranquille encor dans la nuit du tombeau ;
La Haine qui le suit, toujours se renouvelle.
On abat une tête, & l'hydre est immortelle.

JE vois dans ces enclos silencieux, glacés ,
Qui couvrent des Humains les débris entassés ;
Je vois la pâle Envie, assise sur ta cendre,
S'indigner des honneurs qu'un Ami vient te rendre.
Sur des os calcinés , arrosés de son sang,
Elle-même se plonge un poignard dans le flanc,
Frémit, pleure , menace en ses accès funestes,
Et sourit, en pressant tes déplorables restes.
Déjà, malgré mes cris, de ses traits est frappé
Ton funebre Trophée à la mort échappé.
De ses yeux enfoncés la sanglante prunelle ,
En comptant tes lauriers, d'un feu sombre étincelle.
Tu trompas ses efforts, sans les avoir vaincus ;
Et les mêmes serpens qui, lorsque tu vécus,

De leurs replis impurs sillonnoient ta carrière,
Viennent fouiller encore, & troubler ta poussiere. *

O des inimitiés acharnement affreux!
O des vices du cœur ascendant malheureux!
Privé de ton soutien, en butte à leurs outrages,
Sur moi seul appuyé, j'erre au gré des orages.
Dans ce Cirque bruyant, témoin de nos travaux,
On a des Ennemis, & non pas des Rivaux.
Même au sein des succès l'ame se sent blessée,
Et les fureurs du Cloître ont atteint le Lycée.
De-là, cet esprit sec, jaloux & turbulent,
Qui, vrai fléau des Arts, s'aigrit en circulant.
La Discorde a troublé le Ciel pur d'Uranie,
Et la Haine a posé la borne du génie.
Son noble élan que rien n'avoit encor géné,
Sous d'épaisses vapeurs languit emprisonné,
Et ce beau fleuve, enfin, dont Homere est la source,
Cet Océan profond, libre & fier dans sa course,
Est à peine un ruisseau dépendant, circonscrit,
Qui naît obscurément, passe, expire, & tarit.

---

* A peine avoit-il les yeux fermés, qu'il parut une Satyre
où il étoit déchiré.

L'ANTIQUE Poéfie, aujourd'hui détrônée,
S'achemine à pas lents, de pavots couronnée.
Ce n'eft plus, ce n'eft plus cette fille des Cieux,
Qui conftruifit l'Olympe, & donna l'être aux Dieux ;
Qui, du chaos informe où dormoit la matiere,
Fit éclore la vie, & jaillir la lumiere,
Entr'ouvrit le Ténare, & fon noir foupirail,
Mit aux mains de Thétis un Sceptre de corail ;
Emporta, par l'effor d'une audace indomptée,
Jufqu'aux fources du feu le vol de Prométhée,
Alluma de Vulcain l'antre toujours ardent,
Trempa l'acier de Mars, ou forgea le Trident,
Offrit Vénus naiffante aux vœux de tous les Mondes,
Sous fa conque légere affujétit les ondes,
Nuança l'arc d'Iris des plus vives couleurs,
Unit Flore à Zéphir par des treffes de fleurs ;
Sous la fenfible écorce enferma les Dryades,
Joignit l'urne d'Alphée à l'urne des Nayades,
Soupira de Syrinx le douloureux accent,
Sufpendit de Phœbé le mobile croiffant,
De rofes parfema le berceau de l'Aurore,
Attela les courfiers du Dieu qui la colore,

Et , se jouant parmi tant de tréfors ouverts ,
Des rêves de la Fable enrichit l'Univers.

On n'y reconnoît plus qu'une trifte Déeffe,
Qui change en arbriffeaux les chênes du Permeffe.
La Mufe de ces lieux, le front grave & hautain,
Y mefure fa marche, un compas à la main.
La raifon étonnée y reçoit notre hommage,
Et la froide penfée y fait pâlir l'image.
C'eft un fol fans chaleur, un Ciel fans majefté,
Où la foudre & l'éclair n'ont jamais éclaté.

Sous l'infidele abri de fa palme fragile,
L'héritier de Pradon, s'égalant à Virgile,
D'un efprit uniforme & jamais infpiré,
Aligne triftement fon vers décoloré.
Un autre, fe traînant fur la Scene avilie,
D'un appareil funebre enveloppe Thalie,
Et, fier de rembrunir fes caracteres faux,
Emeut le Spectateur à force d'échaffauds.
Voilà, depuis un temps, les fameux Perfonnages,
Dont l'ardente cabale encenfa les images !
De l'émulation les feux font amortis :

Tout éprouve ou ressent la fureur des Partis.
D'un éclat apparent qui dore ses entraves,
Une Secte arrogante achete mille esclaves.
Le Parnasse appartient à ses Adorateurs,
Qui jurent d'être, un jour, ou tyrans, ou flatteurs.
Quelle sagesse ! ô Dieux ! dangereuse & cruelle !
Que de cœurs vertueux sont outragés par elle !
Tu l'as vu s'avancer ce monstre, enfant de l'art,
Un masque d'une main, & de l'autre, un poignard.
Cent Despotes cachés, fiers d'établir un schisme,
Exercent, à sa voix, un nouvel Ostracisme.
L'homme qui sous leur joug n'a point encor ployé,
Dans son propre pays languit expatrié.
Ils font plus : sur son nom exerçant leur furie,
Ils l'immolent, au loin, à leur secrette envie.
Grace aux Fourbes errans de leur ombre couverts,
D'insidieux échos vont tromper l'Univers ;
Et le cœur noble & vrai, qu'ici leur haine opprime,
Aux limites du Monde est encor leur victime.

MAIS, pourquoi m'arrêter sur de si noirs tableaux ?
Ta Muse, en ce moment, vient m'offrir ses pinceaux.
Poursuis, conduis mon ame à jamais abusée,

Sous l'ombrage fleuri du tranquille Elisée,
Où les Chantres fameux, sans trouble & sans desirs,
Puisent l'oubli des maux dans le sein des plaisirs.

QUE vois-je ? ô doux repos ! ô vaste solitude,
D'où n'approchera plus la vague inquiétude !
Un Soleil éternel, levé sur ces réduits,
N'y connoîtra jamais l'intervalle des nuits.
La volage Espérance, à la fin enchaînée,
Au terme qu'elle atteint pour toujours est bornée,
Et l'on voit, en vapeurs, fuir nos illusions
Sur le muet Léthé qui dort dans les valons.

TON fantôme déjà, ceint du plus verd feuillage,
Solitaire & paisible, erre sur le rivage.
Mais bientôt Montesquieu sort d'un bosquet divin,
Semblable à ceux de Gnide, embellis sous ta main.
Des moissons qu'il fit naître il te fait des offrandes ;
Il t'enlace avec lui de ses propres guirlandes,
Et te découvre, au loin, l'édifice adoré
Qu'éleva son génie, & par toi décoré.
Young t'offre un Cyprès, & Racine, moins triste,
Sourit enfin aux vers de l'Auteur de Caliste.
A ce nom précieux, Tibulle s'empressant,

Te préfente Délie & fon Luth gémiffant.

Aux jeux qui l'occupoient Anacréon fidele,
Orne ton front ferein d'une rofe immortelle :
Sapho, brûlante encor, & la rougeur au front,
Te demande des vers pour attendrir Phaon ;
D'un héros trop ingrat Didon toujours éprife,
Didon court embraffer le Chantre d'Héloïfe ;
Et La Valliere, * hélas ! avec de longs fanglots,
Vient, t'apperçoit, foupire, & fuit fous des berceaux.
Eh ! qui fut mieux que toi chanter ce fexe aimable
Senfible, délicat, prefque jamais coupable ?
Des Mufes adoré, des talens amoureux,
S'il abrégea tes jours, il les rendit heureux.

Objets idolâtrés des Rois de l'harmonie,
Arbitres de nos chants, & feul prix du génie,
Vous, dont le tendre éloge a confacré mes vers,
Qui par d'aimables loix gouvernez l'Univers,
Jufqu'au dernier rayon de ma derniere aurore,
Laiffez-moi parcourir, & parcourir encore
Ce Dédale brillant, où, par des nœuds de fleurs,

----

* M. Colardeau avoit commencé une Epître de la Valiere.

Vous fixez fur nos fronts le bandeau des erreurs.
Au défaut du bonheur qui fait votre puiſſance,
Vous en offrez, du moins, la riante eſpérance;
Le cœur qui vous ignore eſt en proie au ſommeil :
La premiere faveur eſt l'inſtant du réveil.
Pour le timide Amant que votre voix raſſure,
Vous tirez le rideau qui cachoit la nature.
S'il va cueillir le Lys, c'eſt pour vous couronner :
Il brigue le pouvoir, pour vous l'abandonner.
Vous ſeules éveillez, adorables Sirenes,
Tous ces feux que l'amour fait couler dans nos veines.
La Fortune, par vous, acquiert de la valeur ;
Vous doublez le plaiſir, vous charmez la douleur ;
Vous donnez l'ame aux jeux, la vie aux moindres ſonges:
La triſte vérité ne vaut pas vos menſonges.
De ſon Priſme changeant, égaré dans vos mains,
L'heureuſe illuſion éblouit les Humains ;
Et le Dieu, qui du monde a formé l'aſſemblage,
Vous confia le ſoin d'embellir ſon ouvrage.

PARDONNE, ô mon Ami, ce délire d'un cœur
Nourri de tes accens, & plein de ta chaleur.
Tu ne peux condamner, après la même ivreſſe,

La fenfibilité qui mene à la tendreffe.
Ce farouche Vieillard qui moiffonne toujours,
Le Temps brife fa faulx fur l'autel des Amours ;
Ils furvivent à tout, rien ne peut s'en défendre :
Leur flambeau, dans la Tombe, a réchauffé ta cendre.
Oui, oui, tu fûs aimer … Cher aux fenfibles cœurs,
Tu connus le plaifir de répandre des pleurs.
Peintre des paffions, tu reffentis leur flâme ;
La douce aménité refpiroit dans ton ame.
Ton génie & tes mœurs, leur abandon charmant,
Tout, jufqu'à ta foibleffe, étoit un fentiment.
Puiffe, hélas! de cette urne & fi trifte & fi chère,
Jufqu'à moi rejaillir un rayon falutaire,
Qui calme les tranfports de ce cœur trop ardent,
Que nul pouvoir encor n'a rendu dépendant ;
De ce cœur peu connu, mais content de lui-même,
Qui ne fe croit heureux que du moment qu'il aime,
Qui ne fait point haïr, mais qui fait réfifter,
Pardonner aux Méchans, & non les imiter.
Tombe aux pieds de la mort l'amour-propre frivole,
L'orgueil que tout aigrit, & que rien ne confole!
O vous, de qui mon nom réveille la fureur,

Importune l'oreille, & fatigue le cœur,
Sur ces débris, formés des dépouilles humaines,
Oublions nos débats, & déposons nos haines.
Sous des chaînes de fer, au fond de ces caveaux,
La Parque inexorable unit tous les Rivaux.
Venez, n'attendons pas qu'aux bornes de la vie,
Le Tombeau nous rapproche & nous réconcilie.
Et toi, de la Concorde Ami toujours conftant,
Que rien n'a pû jamais aigrir un feul inftant,
Toi, de qui les confeils, dictés par l'indulgence,
Dans mes fens captivés fufpendoient la vengeance,
Sur ta cendre aujourd'hui vois expirer fes feux!...
L'ennemi que j'embraffe, eft mon frere en ces lieux.

9 782329 064246